섬 사람들

섬 사람들

이생진 시집

우리글

머리말

정월 초하루 0시 0분, 보신각종이 울리는 순간 어린 학생처럼 일기장을 꺼내 무엇인가 쓰고 싶다. 앞으로 365일, 이 많은 시간, 하루도 빼놓지 않고 시를 쓰겠다는 다짐.

그렇게 다짐하며 쓴 시를 하나하나 골라 시집으로 묶는다. 내가 잊었던 내 손, 발, 머리, 눈, 코, 귀, 입, 이빨, 심지어 미생물까지.

이런 것들을 조각 맞추듯 맞춰갈 때 나는 다시 살아난다. 시 때문에 내가 살아나는 것이다. 시는 생존의 기록, 나를 만나게 하는 기록, 그것이 시 쓰는 재미다.

내가 나를 만나 지나간 일을 이야기하는 반가움, 나는 나를 만나는 반가움에 슬펐던 일도 반갑게 맞아들인다.

고맙다. 삶의 질곡까지 기쁨으로 맞아들이는 시가 고맙다.

2016년 5월
이생진

차례

섬 사람들

제야의 종소리
– 2012년 1월 1일 새아침

소리
소리
제야의 종소리
내 가슴에 알 까는 소리
동
서
남
북
문 여는 소리
사방에서 나를 불러들이는 소리

일년생

스스로 약속하고
스스로 지키는 일
이런 일은 어려서부터 여러 번 하다가 만 약속이다
그러나 시 쓰는 일을 보면
그것이 불가능한 것도 아닌데 하고
어디서 그 약속이 빗나가나 감시할 거다

오늘부터
일 년!

나는 금년에 태어난 신생아이고
일 년밖에 살지 못하는 생물이라는 거
그것을 마음 깊이
새기며 사는 거
그것을 새벽에 일어나
찬물을 떠놓고 약속한다

아버지

아버지!
난데없이 아버지는 왜?
나의 서정은 그런 변덕으로 교란당할 때가 있다
서른여덟에 돌아가신 아버지를
여든이 넘은 아들이 생각한다는 것은
지나친 추적이 아닌가
일제강점기에서
숨돌릴 틈 없이 닥쳐온 전쟁 6.25
그리고 독재 그것도 군사독재 유신독재
이런 가시밭길을 걸어 보상시대까지 왔는데
추억 그것은
아버지가 일본 강점기에 징용을 피해
신진도에 숨었던 것이 갑자기 생각나서
나도 걷던 길을 멈춘 자리가 그 자리
그분은 아직도
그 시대의 교량을 다 건너지 못하고
그 자리에 멈춰 있더란 말이다
그 아버지가 자기 영혼을 보내어
내게 시를 쓰게 한 것은
어린 것을 두고 멀리 떠난 것이

지금도 가슴 아파 그러시는 거다

그러고 보면 아버지는 내 시의 영원한 후견인

그리운 날이면 신진도로 달려와

다리 위에서 별을 본다

지금도 아버지는 저 별에 계실까

섬 사람들 1
– 김대중과 김영삼

섬!
섬 아닌 사람이 있으랴만
모든 사람은
섬에서 태어나 섬처럼 살다 섬으로 간다
그게 섬의 이치요 고독의 원리다

화성도 섬이고
금성도 섬이다
하의도도 섬이고
여의도도 섬이다
거제도도 섬이고
상도동도 섬이다
하지만
김대중과 김영삼은 진짜 섬 사람들이다
그들은 가고 섬만 남았다

섬 사람들 2
– 시인의 기대치

후광과 거산이
어려서 한마을에 살았다면
아침마다 일어나
'영삼아 놀자'
'대중아 놀자' 하며 놀았을 거다

소금창고에서 숨바꼭질
멸치건조장에서 자치기
이 얼마나 천진무구한가
소금처럼 희고 멸치처럼 빛나는…
허나 뭍으로 올라오면서 눈이 뜨고
눈이 뜨면서 달리기 시작한 마라토너
치열하게
단호하게
또는 의연하게
여의도로
북악산으로 달렸지만
'영삼아 놀자'
'대중아 놀자'
그렇게 놀지는 못했다

섬 사람들 3
– 후광과 거산 사이

후광은 하의도 후광리에서 태어났고
거산은 거제도에서 태어나 부산에서 자랐다
그러고 보면 두 사람은 섬 토박이다

'후광'과 '거산'은 평생 부르고도 남아돌아
이제 사전적인 의미를 뛰어넘고 말았다
내가 우이도에서 하의도로 갈 때도
외포리를 지나 장목리에서 이수도로 갈 때도
그런 생각
'이런 섬에서 어떻게…?' 하고 한참
물에 뜬 섬을 바라보기도 했다

나는 서울에서
하의도 대리를 지나 후광리로 왔는데
그는 후광리 소금밭에서 한강을 건너 동교동
아니 북악산 청와대로 1번지까지
동교동과 상도동은 강 하나 사이
여의도엔 의사당이 있고
지금은 아늑한 현충원 삼백 미터 거리
이젠 '놀자'가 아니라

'거산, 뭐 하시오' 하면
'후광, 안녕하시오' 할 거다

섬 사람들 4
– 섬 나들이

나는 하의도 후광리에 오면
인동초 막걸리를 마신다
그게 낙이다
그러다 하루는
후광이 어렸을 때 앉았던 앉은뱅이책상 앞에 앉아
나도 어렸을 땐 이런 책상 앞에 앉았었는데 하며
서랍을 연다
서랍에 흘린 잉크 자국이 나랑 같다
그러나 그 험난한 길을 넘보지 않으려고
책상 밑에 움츠린 내 수줍음이 부끄럽다
하루는 거제도 장목리에서도
거산이 앉았던 책상 앞에 앉아
혼잣말을 했다
남의 자리에 몰래 앉는 것은 도둑질이 아니냐고
아니면 샘 나서 그러는 거 아니냐고
하여튼 이 두 사람의 빈자리가 너무 넓다
다음엔 누가 용이 되는 걸까
섬은 말이 없고
장목리 바닷가에서 멸치 한 상자 산다
하의도에서 돌아오는 길에

도초도에서 소금 한 자루 사고
사람들은 그렇게 돌아와서는 금방
그 섬을 잊는다

섬 사람들 5
– 개천에서 용 나기

언젠가 맹골도로 가다가 숨찬 가출소년을 만난 적이 있다
서거차도 선착장에서 헌 어망을 깔고 앉아
이야기를 나눴는데
용이 들어 있는 꿈을 꾸고 있었다
중3 때 가출해서 무작정 서울로 올라갔다가
잠깐 집에 들렀다는 소년
지금은 부평 봉제공장에서 일하고 있는데
그저 막연한 맨주먹으로 시작하는 소년의 목소리가
내 눈을 긴장시켰다
처음엔 기술을 배우겠다고 용쓰다가
막상 공장에 들어가 보니 그게 아니더라고
공부해야지 기술만으로는 사람 될 수 없더라고
그래서 밤마다 학원이며 야간학교를 기웃거린다고
나는 머리만 끄덕이고
이런 애들이 용 되는 건데 하며
내가 하늘인 거처럼 꿈을 주는 시늉을 했다
그래 꿈은 허망하지만 밑져야 본전이라고
꿈을 꾸라고 서거차도 개천은 작지만 바다는 넓다

나는 그 애의 길라잡이가 서툴렀다

자기 길은 자기가 잡아야 하는데 하며
서울에서 용으로 크길 원했다
기술만으로는 안 된다는
밥만 먹는다고 크는 것이 아니라는
그만큼만 알아도
섬에서 아는 것보다는 많이 아는 것 아닌가
꼭 용으로 성장하지 않는다 하더라도
그 애의 꿈이 기특했다

섬 사람들 6
— 김만중*의 구운몽九雲夢

1 무게 [重]

서포가
배낭을 메고 이 섬 저 섬 떠돌다 노도**에 왔다면
내 마음도 가볍겠는데
서포 김만중은 이름 그대로 무거운 사람이어서
이 글을 쓰는 내 마음도 무겁다
하지만 나는 그 무게를 따지지 않고
내 무게대로 쓴다

2 꿈 [夢]

서포의 꿈을 열고 들어오는 나비 같은 선녀들
노도로 귀양 와서도 꿈속에서 그들을 기다렸다
구운몽 같은 꿈
여덟 선녀가 번갈아 내려와
우물가에 앉아 기다리는 꿈
꿈은 구름과 통했다
유배지에서 피죽으로 살아도 꿈은 마르지 않고

24

꿈에 구름을 타고 고향으로 향하면
구운몽을 읽던 어머니가
버선발로 뛰어나왔다

3 섬 [島]

멀리 떠내려 온 섬 노도
척박한 자갈밭을 일궈 보리를 갈고
우물을 파 우물물을 마셔도 가슴은 늘
어머니의 눈물로 젖었다
우물 안에 잠긴 하늘
그 하늘에 뜬 서포의 얼굴
우물을 빠져나올 수 없는 운명이
구름처럼 떠 있다
달이 지면 그 얼굴도 사라졌다

4 사슬 [鎖]

다 떨쳐버리고 싶은 마음이야 왜 없겠나

서포도 글 쓰는 사람인데

달도 별도 눈에 담고

새소리에도 귀 기울이는 한적함

그러나 그것이 여의찮아 마음이 아팠다

이런 때 나는 난고 김병연김삿갓을 생각하게 된다

훌훌 털어 버리고 죽장을 앞세운

글 쓰는 이는 자유가 생명인데 끝내

그 사슬을 끊지 못하고 눈을 감은

서포의 한이 내 배낭에 가득할 때

나는 노도를 떠났다

*김만중(1637~1692) : 호는 서포西浦, 유복자로 태어나 효성이 지극했
다. 어머니가 이야기를 좋아해 소설 '구운몽九雲夢'과 '사씨남정기謝氏
南征記'를 지어 어머니를 위로했다.
**노도櫓島 : 경남 남해군 상주면 양아리에 있는 섬으로 김만중이 삼
년 넘게 귀양살이하다 숨진 곳.

섬 사람들 7
– 정약전*의 자산어보

우이도 돈목 바닷가를 걷다 무심코 밟힌 조개껍데기 하나
자산어보玆山魚譜만큼이나 자상한 무늬
그때 손암 선생 소리 없이 곁에 서 있는 그리움
고독은 유배를 닮아가니까

손암 선생
당신이 우이도와 흑산을 오가며 어패류를 줍는다기에
나도 우이도 돈목 모래밭에서 조개껍데기를 주우며
기다렸어요
주로 나는 달밤에 조개를 만났죠
조개도 보름달을 좋아하데요
아니 뭇 삶이 시적이어서
조개 역시 보름달이 부르는 노래를 놓치지 않으려고
흙을 밀고 나오데요
어보魚譜가 악보 같았어요
도요새도 졸졸 따라오며 노래를 줍데요
나는 시 때문에 지금도 우이도 돈목에 와 있어요
돈목에 오면 손암 선생의 발자국부터 찾지요
혹 다녀가셨나 하고

*손암 정약전(1758~1816) : 다산 정약용의 형으로, 1801년 신유사옥 때
약용은 강진으로 유배 되었고, 약전은 흑산도에 귀양 가서 자산어보玆山
魚譜를 썼다. 그리고 끝내 풀려나지 못하고 유배지에서 눈을 감았다.

섬 사람들 8
– 김정희의 세한도

적소 주변엔 인적이 없고

모슬봉엔 구름

산방산엔 달

마라도는 말이 없네

한겨울에 핀 수선화

뽑아내고 뽑아내도 돌담 밑으로 기어들어 적소를 닮네

언젠가 박희진(1931~2015) 시인이랑

다랑쉬오름에서 시를 읽고 내려오는데

김순이 시인이 제주 금잔옥대라며 수선화를 보여줬지

그 후 수선화를 보면

금잔옥대인지 확인하는 버릇이 생겼네

대정읍 추사 적거지에 와서도

초가집 돌담 밑에 핀 수선화를 보고

금잔옥대부터 확인했으니

이젠 세한도 보고

우선藕船 이상적李尙迪의 정리情理를 확인하는 것도

그와 비슷한 버릇이네

우선의 우藕는 연뿌리 우요

우단사련藕斷絲連이라

겉으로는 끊어져 있으나 속은 이어져 있다는 뜻으로

정의情意가 아직 끊어지지 않았다는 비유라면

추사와 우선은 겉도 속도 끊어지지 않은 정의情誼일세

내가 추사를 더 알려는 것은

세한도를 더 알기 위해서라기보다

우선을 더 알기 위해서요

우선을 알면 알수록 우선의 시세계를 알게 되고

그가 말한 시와 그림을 알게 되니

더욱 더 추사를 알게 되네*

추사는 세한도의 발문에서

'소나무와 잣나무가 늘 푸르듯

나를 향한 자네의 마음도 늘 변함이 없네

권세와 이익이 없으면 교분도 벌어져 서먹해지는 건데

자네는 이전이나 이후나 한결같으니

고마운 마음을 이것으로 대신하네

쓸쓸한 마음에서, 늙은 완당阮堂이…'

*〈참고〉 우리시 제164호 조영님의 '한시한담'

섬 사람들 9
– 만델라의 로벤 섬

어느 날 밤 소지품을 들고 집합하라는 바람에
다른 곳으로 이감되나 보다 했더니
그게 바로 로벤 섬이라
그래서 흥분했노라고
넬슨 만델라(1918~2013)는 말한다
어떤 의미의 흥분인지 새겨들을 겨를도 없이
나는 나대로 흥분한다
'섬' 소리만 들어도 흥분하는 주제에
남아공 케이프타운 앞바다
마라도처럼 펼쳐진 섬
외딴 섬끼리 통하는 외로운 물결
그곳엔 하루하루 밀려오는 고독밖에 없으니까

넬슨 만델라
그는 로벤 섬으로 끌려오면서
그 섬에서 탈출하다 빠져 죽은 은셀레라*를 생각했고
유일하게 살아나갔다는 아우추마요**를 떠올렸다고도
말한다

악명 높은 로벤 섬

만델라는 그 섬 좁은 감방에서 십팔 년을 살았다

끝없이 이어지던 종신형에서 살아남아

대통령이 된 뒤 다시 로벤 섬으로 건너와

기나긴 세월 어둠에 쌓인 철창 밖을 내다보던 창살을 잡고

 "가장 위대한 무기는 평화"라며 살며시 눈을 감는다

*은셀레라 : 코사족 군사령관으로 로벤 섬에 유배 되었을 때 탈출하려
다가 익사했다.
**아우추마요 : 코이코이족과 네덜란드인 사이에서 일어난 1658년 전
쟁 뒤에 로벤 섬에 유배되었다가 탈출에 성공한 유일한 사람.
***넬슨 만델라 자서전 『나 자신과의 대화』(윤길순 옮김/2013/PHK)
182~183쪽 인용

섬 사람들 10
– 빠삐용의 탈출

1

영화관에서 나오며 생각한다
내가 빠삐용이라면
아니 드가라면

2

빠삐용과 드가
두 사람은 악마의 섬 절벽에 서 있다
절벽이 하늘보다 높다

빠삐용은 단호한 목소리로 준비됐느냐고 묻는다
드가는 대답 대신에 '제발 그만 두라'고 애원(?)한다
빠삐용은 두 팔을 벌려 드가를 꼭 껴안는다
그리고 코코아넛 포대를 집어 던진 후 솔개처럼
거센 파도 속에서 한 가닥 생명의 자유를 잡으려고
절벽에서 뛰어내린다
영화관 관객들은 숨을 죽이며 빠삐용의 탈출을 빈다
빠삐용은 코코아넛 포대 위에 누워 파도에 떠내려가며
"난 이렇게 살아 있다"고 외친다

3
이 영화가 나온 지 사십 년이 지난 지금도 나는
제주도 구엄리 절벽에서
수평선 끝자락에 떠 있는 무인도 작은 관탈섬에 오르는데
나는 아직 탈출에 미숙하다
아니 탈출해도 갈 곳이 없다
그래서 터벅터벅 되돌아온다

시인의 물집
— 정군칠 시인

1 부음訃音

시인 정군칠!
그가 갔다
그와 할 이야기가 남았는데
갔다
그가 갔다고 부음을 전하는 사람의 입에서
곡성이 들린다
거짓말이다
거짓말이었으면 좋겠다
그가 갔다는 부음이 거짓말이었으면 좋겠다

2 물집

『물집』은 그의 시집이다

이생진 시인님께
2009. 8. 21.
정군칠 드림

『수목 한계선』을 넘어온 그의 『물집』에 쓴
흰 글씨
속표지를 열면 검은 양복을 입고 앉아 있는 그의 얼굴과
검은 소매 밖으로 나온 손이
창백하다
시계가 그의 손목을 놓지 않는다

'내 안의 불화들이
살갗 아래 물집을 만든다'*

표지 왼쪽에 네이버 '모슬포에 부는 바람'이라고 씌어 있다
나는 얼른 그의 『물집』을 놓고
NAVER를 두들겨 '모슬포에 부는 바람'을 열었다
그가 송악산으로 가고 있다
그의 발자국 같은 흔적

　　문
득

*정군칠 시집 『물집』 〈시인의 말〉에서

모슬포에

　　　서
　　고

　　싶
　　다.*

미치도록 모슬포에 서고 싶다던 그가
송악산 끝자락에 서 있다

3 운명

모슬포의 바람은 육십 년 전이나 지금이나 같다
산방산 머릿돌에
'날마다 날을 세우더라'**

*정군칠의 블로그 〈모슬포에 부는 바람〉에서
**시집 『물집』 〈시인의 말〉에서

내가 모슬포에 온 것은 1951년 10월 20일
내 발로 걸어온 것이 아니라 운명에 끌려 온 것인데
그 운명이 오십팔 년 후인
2009년 8월 21일 정오에 정군칠 시인을 만나게 했으니
결코 기구한 운명은 아니다
인생역전
때로는 내가 내 운명을 거느릴 수도 있다
그때 나는 승자에 속한다

시집 표지에 적어준 전화번호
011-699-4○○○
지금은 [근조謹弔]
엄숙한 침묵

4 관棺

시집『물집』검은 속표지에 쓴 글씨가
관에 쓰는 글씨랑 닮았다
흑백은 청홍보다 냉하다

하지만

『물집』에 인적이 있다 그의 인적이다

『물집』은 그가 들어가려고 삼 년 전에 장만한

종이 관이다

관에 써야 할 흰 글씨

시인 정군칠 지구詩人 鄭君七 之柩

바로 그 글씨체다

그로부터

2010년

2011년

2012년

해마다 8월 21일이 있었는데

자꾸 2009년 8월 21일만 기억된다

서귀포 서복 전시관 건너 상수원에 있는 절

정방사 돌계단에 걸터앉아

새파란 털머위 잎사귀를 만지며

초면이라 서로 낯설어

아무도 모슬포 이야기를 꺼내지 않았다

그러나 모슬포 바람이 날을 세우는 것은
그때나 지금이나 마찬가지
그래서 육십 년 전에도 모슬포를 못살포라 했다
바람 때문이었다
바람이 날을 세웠다

5 모슬포

그때 모슬봉 아래 연병장
단산과 산방산 일대는
훈련병 천막으로 뒤덮였었다
지금의 마늘밭 보리밭 감자밭을 천막이 뒤덮었다
그때 입소한 지 사흘이 안 되어 밤새 불어 닥친 바람에
천막이 날아갔다
단체기합을 받는 동안 천막은
마라도까지 날아가 펄럭였다
나도 마라도로 날아가고 싶었다

정방사 돌계단에서 헤어지고

그 후 천지연 주차장에서 만나 이야길 나눴다
그때에도 모슬포 이야기는 꺼내지 않았다
그리고 삼 년 후 그가 갔다는 부음을 받고
그의 시집 『물집』을 꺼내 다시 읽는다

그의 시집엔 낯익은 말이 많다

모슬포
바람
단산
비양도
팽나무
애월
절벽
낮달
고내리
다랑쉬오름
용눈이오름

그러니 내가 그를 생각하지 않을 수 있겠는가

이 낱말만 봐도

그가 얼마나 나와 통하는 시인인가 알 수 있다

천지연 주차장 이후에 만났으면

그때부터 모슬포 이야기가 나왔을 텐데

그도 나도 내성적이어서

시간이 가야 가까워지는 법

서로 기다리다 그가 먼저 갔다

그러나 『물집』이 있어

그와 모슬포 이야기를 나눌 여운은 있다

'모슬포에 부는 바람은 날마다 날을 세우더라 밤새 산자
락을 에돌던 바람이 마을 어귀에서 한숨 돌릴 때'*

지붕은 낮고 돌담엔 구멍이 뚫렸다

요즘 말하는 소통

가슴에도 바람이 지나갈 구멍이 있어야 서러움이 식는다

6 비양도飛揚島

*시집 『물집』 14쪽 〈모슬포〉에서

사람이란 묘한 데가 있다

당하고 싶은 충동이 있고

위험할 거라며 따라가고 싶은 충동이 있다

협재 해변에서 맑은 물빛을 보면

금방 물속으로 뛰어들고 싶어진다

그리고 피안에 있는 비양도

그곳이 거기다

그것이 유혹이다

그 즉시 한림으로 뛰어가 오후 배로 비양도로 가는 나는

그렇게 사는데 너무 익숙하다

불과 14분

그게 피안이다

그게 해협이다

그게 내 시력詩力이다

그 시력으로

한라산을 보며 오른쪽 해변 길을 걷다가

'애기 업은 돌'을 만나 굳어버린 낭만에서

간신히 발을 건진다

석양에 끌려가다가 일몰을 만나면 어두운 상실감

이때 어둠 속에서 들려오는 풀벌레 소리

그리고 검은 여에서 똥을 싸며 우는 가마우지의 목멘 소리

나는 빈집에 들어와 아무렇게나 눕는다

밤은 길고

별은 진하다

그래도 이 밤에

물정 모르는 별이 내려와 내 옆에 눕는다

그런 다음 날 아침 오름으로 올라갔다

빨간 칸나 길이었는데 지금은 아스팔트 길

꽃이 아름다웠는데 하고 칸나를 생각한다

그러다 들이닥친 대밭 길

길 때문에 편리하다가

길 때문에 불편해진다

사람이 많이 가는 길을 피하고 싶은 마음이 시적詩的이다

시적으로 사는 것도 사는 건데

사람들은 수입성이 없어서 사람이 많이 가는 길을 택한다

시인도 그래서 망가진다

시인은 사람이 가지 않는 길을 가는 것이 현명하다

시인은 최후까지 망가지지 말아야 한다

무인등대

그것도 협재 해변을 향해 나를 유혹한 공모자다
등대 앞에서는 내가 선박이다
시인은 깊은 밤 불빛에 구애하는 선박이다
그런 혜택밖에 없다
그게 요즘 말하는 시인의 복지 혜택이다

가까이 가도 말이 없는 등대
손을 잡고 싶어도 손이 없는 등대
시인은 이런 대상을 상대로 바다를 건너오는 수가 많다
등대에게 말하는 기능이 있다면 그 순간 무슨 말을 할까
서로 엇갈리는 말을 하면 어쩌나

정 시인은 이렇게 말한다
'비양오름은 사람의 주검조차 품지 못하고
묘비 하나 세우는 일 또한 없다'고

옳다 옳아 그 말이 옳아
가파도 마라도에도 무덤이 있는데
그 흔한 무덤이 왜 여긴 없나
죽음을 몰아낸 비양도

그날 밤
별은 찬란했고
벌레 우는 소리가 유일한 공감대였다

7 두 개의 비양도

제주에는 비양도가 두 개다
하나는 우도 동쪽에 있고
또 하나는 한림 앞바다 건너에 있다
우도에 있는 비양도는 양 자字가 볕 양陽이고
한림 앞바다에 있는 비양도는 양 자字가 들 양揚이다
해가 뜨고 해가 지는 비양도
나는 지금 해가 지는 비양도飛揚島에 와 있다

'환한 빛을 따라나섰네
지금은 달이 문질러 놓은 바다가 부풀어 오르는 시간
여에 부딪히는 포말들을
바다의 물집이라 생각했네
부푸는 바다처럼 내 안의 물집도 부풀고'*

*시집 『물집』 26쪽 〈바다의 물집〉에서

시집『물집』엔 마흔여덟 편의 시가 있다

그런데 제목으로 내건 '물집'은 목차에 없다

그러다가 만난 것이 바다의 물집이니 얼마나 반가운가

그 물집은 비양도飛揚島 물집이다

애기 업은 돌이 물집이다

물집은 아프고 슬프다

제주는 물집 없이는 아름답다는 말이 안 나온다

서로 말은 안 했지만

정 시인과 함께 있으면 왠지 울고 싶다

다시 송악산 끝자락으로 올라가

마라도 가파도 아니 이어도까지 내려가며 울고 싶다

카카오톡

『스티브 잡스』* 를 읽다가
컴퓨터 앞에 앉은 잡스의 사진을 본다
사진 밑에 이런 말이 있다
"피카소는
'좋은 예술가는 모방하고, 위대한 예술가는 훔친다'라는
말을 했습니다.
우리는 훌륭한 아이디어를 훔치는 것을 부끄러워한 적
이 없습니다" 라는 말

나도 그 말을 훔친다
인근에 CCTV가 없기 다행이다
잡스에 끌려 애플 속으로 들어가다가
갤럭시 앞에서 서성댄다
카카오톡을 치면 톡톡 튀는 깨알
나는 잡스가 좋아
나는 갤럭시가 좋아
나는 낯모르는 네가 좋아
톡톡 치면 치는 대로 파닥이는 팔등신
나는 해 뜨는 내일보다
해 지는 오늘이 좋아

* 『스티브 잡스』 월터 아이작슨/안진환 옮김(2011 · 민음사)

Stay Hungry!
―스티브 잡스

내가 스마트폰을 산 것은 잡스 때문이고
잡스에게서 갈구하는 것은
Stay Hungry!*
옛날엔 배가 고팠지만
지금은 시가 고프다
나의 배고픔은 그림에 있었다
그림이 그리고 싶어 미칠 것 같을 때는
땅바닥에 주저앉아 한숨을 그렸다
나는 그만큼 즉흥적인 낙서광이었다
그 광狂이
그 배고픔이
갤럭시 노트를 산 동기다
내가 배고픈 배를 움켜쥐고 하늘을 보듯
갤럭시 노트를 움켜쥐고 하늘은 본다

Stay Hungry!

배고프면 보이는 것이 없다던데
배고파야 보이는 것이 진짜 보이는 것이다

*스티브 잡스의 스탠포드 대학교 졸업식 연설문에서

토이 스토리

토이 스토리는 컴퓨터 애니메이션의 시조始祖다
월터 아이작슨이 쓴 '스티브 잡스'를 읽다가 알았다
토이 스토리
나는 갤럭시 노트를 만질 때도 어쩐지 장난감 같았다
보안관 인형 우디
우주전사 인형 버즈
장난감인 그들은 장난감이 아니길 원했지만
나는 사람인데도
장난감 속으로 들어가 장난감이 되길 원했다
장난감과 재미있게 놀려면 장난감이 되는 수밖에 없다

섬 사람들 부附

– 황도 사람

내가 그에게 농담을 거는 것은
큰 의의를 피하려는 것이지만
그것은 실수實數에 가까운 무리수다
나는 한 번도 무리수를 풀어본 기억이 없다

거제도에서도 대통령이 나오고
하의도에서도 대통령이 나오는데
왜 황도에서는 대통령이 나오지 않느냐 이거다
이건 그에게 하는 농담이지만 진담이기도 하다

그는 황도에서 태어나
새우젓 배를 타고 다니며
간이학교에서 징검다리 식 공부를 하고
서울 신촌에서 대학에 다니며 윤동주 시인을 좋아했다
지금도 윤동주 문학관 근처를 떠나지 못한다
시는 한 편도 쓴 적이 없으면서

그는 나를 만나면 욕을 퍼붓는다
욕을 하라면 대통령감이다
그러나 내가 보기엔 머리로 보나 출신 도島로 보나

대통령 되고도 남을 섬 놈이다

그는 내 앞에서 한참 욕을 퍼붓다가

비아그라로 말을 돌린다

그가 대통령이 되었다면 새우젓도 유명해졌을 거다

지금은 새우젓 독이 간데없고 펜션촌에

전신주가 하늘을 찌르지만

나는 그가 왜 그렇게 욕을 하는지 그 이유를 모른 채

그도 날 따라 팔십을 넘어가는 것이 애처롭다

때로는 그의 욕에 시원해질 때가 있다

오늘은 윤동주 문학관을 내려와 세종문화회관 뒤

골목집에 앉아 장수막걸리를 마시며

그의 욕을 마음 놓고 듣는다

시원하다

역시 대통령감이다

시는 갈증이니까

내 고향 서산에는 아라메길이
제주에는 올레길이
내가 사는 도봉산 기슭엔 둘레길이
둘레길 초입에 연산군 묘와 은행나무
새로 들어선 원당공원에
원당샘물이 생수로 살아난다
150m 지하에서 올라와 주야로 흐르는 물
구백 년을 살아도 한 걸음 걷지 못하는 은행나무도
그 물을 먹고 밤이면 발걸음을 뗀다
나도 밤이면 살짝 그 물을 마신다
그리고 은행나무의 발자국 소리를 듣는다

산다는 거 오래 산다는 거
그건 물의 힘
시도 물이라는 걸 나무에서 배웠다
내가 왜 가다 말고 은행나무 아래 서 있는지
아무도 눈치 채지 못한다
시도 은행나무에 올라가 있을 땐
아무도 눈치 채지 못한다
지금 멍하니 나무처럼 서 있는 것은

나무에 숨어 있는 시 때문이다

시가 원당 샘에 뿌리로 내려와 생수를 마시고 있다

시는 갈증이니까

시집 한 권

'시집 한 권 받아보는 것이 소원'이라며
일 년에 한 번 보내온 연하장
'Season's Greetings!'
그 사람에게
『실미도, 꿩 우는 소리』*를 보낸다
읽고 싶어 간절하다는 사람
이국 만 리 외진 곳에서 모국어로 쓴 시가 그리워
('죽겠다'는 소리는 없었지만)
그렇게 간절한 사람
장성회!
듣지도 보지도 못한 사람인데
어느 주말 저녁
인사동 좁은 골목에서 스쳐간 사람 같기에 시집을 보낸다
시는 그런 것
울음을 참지 못하는 풀벌레 소리
그 울음소리를 찾아 무인도 풀숲을 헤매는 것
시는 그렇게 얻은 것이니
읽고 싶어 죽겠다는 사람의 소리도 그 소리에 가깝다

*시집 『실미도, 꿩 우는 소리』(우리글/2011)

복지회관

복지회관에 갔다
아무도 아는 사람이 없다
늙은이가 늙은이 옆으로 갔는데도
나는 낯설다
혈압계 앞에 앉아 팔을 걷어 올리고
혈압을 잰다
녹음기에서 상냥한 여인이 팔을 잡아당기며
말하지 말고 움직이지도 말라 한다
그 결과 '고객님의 혈압은
120 78에 68입니다' 한다
그 길로 화장실에 들어가 오줌을 눈다
그때 눈높이에 걸려 있는 밀레의 '이삭 줍는 사람들'
세 여인이 이삭 줍다 말고 나를 본다
나를 이삭으로 알면 어쩌나
얼른 바지를 걷어 올린다

내 고향 시인

내 고향 서산엔 시 쓰는 사람이 많다
어려서는 그런 사람이 보이지 않았는데
고향 떠난 지 오십 년이 지난 지금
고향에 가면 서로 반기는 이는 시 쓰는 사람들이다
김영만 박만진 김순일 편세환…
김영만 시인은 먼저 갔고
김순일 박만진 편세환 시인은
버스터미널이나 문화원 근처에서 쉽게 만난다
몇 달 전에는 박만진 시인이 시집을 펴냈고
어제는 김순일 시인이 시집을 보내줬다
시집을 펴기도 전에
울음산* 아래 선술집에서 막걸리 마시자는
메일부터 보냈다

*어렸을 때 뛰어놀던 산

오늘의 시

오늘의 시는 뭘까
무엇을 써야 한다는 의무감 없이도
가만있으면 꿈틀거리는 것이 있으니
그걸 쓰면 된다
그게 무엇인지는 다 쓰고 난 뒤라야 안다

지금은 꽃 피는 계절도 아니고
새 우는 봄날도 아닌데
따뜻한 온기가 내 몸에 흘러
그 온기가 시를 만든다
시가 살아 움직이는 것은 아니지만
내가 살아 있는 동안 시가 내 몸에 뿌리내리고 있으니
나와 공생하는 생물
오늘도 시는 그렇게 내 몸의 수액을 빨아먹고 있다고 쓴다

신문과 스마트폰

요즘 신문은
고전古典
고전苦戰이다
스마트폰은 백만 천만 대 팔리는데
신문은 판매대에서 졸고 있다
지하철에서 신문 보는 젊은이가 없다
신문을 보는 것은 그나마 귀가 먼 어르신들
신문은 고전이다
신문은 두들겨 맞아도 무감각인데
스마트폰은 두들겨 맞으면 맞을수록 고개를 든다
내 집 앞에서 오만 원을 줄 테니 신문을 읽으라는
저 사람은 누구신지 매일매일 거기서
새파란 만 원권으로 유혹하는데
자기는 스마트폰으로 귀를 막고 있다
신문이 답답하다
전에는 핸드폰을 열던 어르신들도
하나둘 스마트폰을 손가락으로 민다
전에는 손으로 열던 문이
손을 대지 않아도 양쪽으로 밀린다
이젠 핸드폰 뚜껑을 여는 어르신네들이 고전이다

뚜껑을 열지도 닫지도 않는 스마트폰
건망증이 심한 어르신들을
어디까지 끌고 갈 것인지
종로3가에서 내린다는 것이 경복궁역까지 왔다
이왕 왔으니
세종대왕이나 알현하자

'대왕님!
훈민정음은 스마트폰을 예측하고 선포하신 겁니까'
그의 손에 스마트폰이 없다

길을 묻네

나보고 길을 묻네
나는 오던 길도 잊고 가던 길도 잊었는데
종로3가를 묻네
한참 생각했네
내가 종각에서 걸어와 종로3가에 서 있는 것을
그러면 여기가 종로3가인데
그걸 생각하느라 한참 걸렸네
그러는 동안 다른 사람에게 길을 묻는 그 사람
여기가 종로3가인 것을 알고 좋아하네
그런데 나는
종로3가에 와서도 종로3가를 모르는 나는
어딜 가는 것인지
나는 그것도 모르네
종로3가에서 종로3가를 묻는 이에게 대답하기는
아주 쉬운 것인데
그것을 대답 못 했네
그럴 때가 있네

강화도에서 봄 생각

강화도에서는 섬이 외롭지 않고
물도 무섭지 않다
오히려
술이 한 잔 두 잔 덤벼들어 무섭다
강변엔 아직 봄이 멀었는데
버들강아지가 술처럼 덤벼들어
무섭다
강화도에서는 봄이 무섭다

체력은 시력詩力이다

걷는다
내 지론이오 지력知力이다

아침엔 평지를 걷고
저녁엔 산길을 걷는다
저녁엔 지팡이가 받쳐줘 걷는다
그래도 아침보다 못하다
시도 생물이어서
저녁 시가 시들하니
아침 시보다 못하다

1학년

나
갤럭시 학교에 입학했다
손자의 손에 끌려 입학했다
초등학교 입학식 날 손잡고 갔던
그 손자의 손에 끌려갔다
교과서는 『갤럭시 S2가 쉬워지는 책』*
첫 장부터 켜고 끄기
갤럭시 노트를 열고 켰다 껐다
켰다 껐다
그것으로 1교시가 끝났다
나이 먹어도 1학년은 재미있다

*강현주, 이윤환 지음 『갤럭시 S2가 쉬워지는 책』(황금부엉이/2011)

아빠가 운다

아기는 울고
엄마는 새벽에 일어나 화장하고 일 나갔다
아빠 품에서 아기가 운다
서럽게 운다
아빠는 실직한 삼십 대 후반
아기 따라 아빠도 울고 싶다
울지 말라고
장난감을 줘도 울고
맛있는 과자를 손에 쥔 채 운다
엄마가 필요하다
아빠도 아기처럼 속으로 운다
아빠도 엄마가 필요하다

추억이 나를

간다는 거
멀리 간다는 거
우이도 돈목 슈퍼민박집
무거운 돌절구
맨발로 걷던 흰 모래밭
그리고 만재도
손 하나로 커피를 끓여다 주던 독거노인
완도를 지나 서모도 개구리 우는 사랑방
사흘이고 열흘이고 자고 가라던 인심
지금 이 겨울에
거기까지 가긴 무리지만
그게 추억이다
추억이 날 원망하겠다
무심하다고

자꾸 추억이 되는 사람

저 사람이 보인다
저기 가는 저 사람이
나다
나는 저 사람을 나라고 하는데
저 사람은 나를 나라고 하지 않는다
그래도 나는 저 사람을 나라고 한다
추억으로 변질된 저 사람
나는 저 사람을 원망하지 않는다

섬에서 전화 받기

지심도
동백나무 숲 속
새 소리밖에 들어올 수 없는 좁은 길을
전화벨 소리가 상처 하나 없이 들어온다
반갑다
동박새가 뒤따라오며 운다
간간이 지나가는 파도 소리도 바람에 섞여
숲 속으로 들어온다
동백꽃이 만발한 섬을 비집고 들어온 그 사람의 목소리도
새소리처럼 곱다
세상의 아름다움이 한꺼번에 들어오는 것 같다
전화 건 사람이 누구든
천사 같다

어려운 시를 읽을 때

나는 그 사람을 좋아합니다

그 사람의 시를 읽다 보니 그 사람이 좋아졌습니다

그 사람의 시집이 나오면 꼭 삽니다

그리고 한 자 한 자 꼼꼼히 읽습니다

의미가 새어나갈까 봐 문을 꼭 닫고 읽습니다

지금 열두 편을 읽었는데

머리에 남은 것은 한 편도 없습니다

구름이 하늘을 지나간 것처럼 텅 비었습니다

그래도 그것을 나의 무능으로 돌리며

열세 편째 차례대로 읽습니다

내 무능이 부끄러워 숨기며 읽습니다

물론 그 사람보고 내가 지금

당신의 시를 읽고 있다고 말하지는 않았습니다

그저 내가 이해하기 어려워서 이해가 안 돼서

시인에게 미안하듯 그렇게 미안해할 뿐입니다

자꾸 나는 내 무지로 돌리고

내 실력이 없는 것으로 돌리고

내 자질로 돌리고 책을 놓지 않습니다

그래도 그 사람이 좋습니다

잠깐 나가서 눈을 비비고 들어왔는데

역시 선명하지 않습니다
더 공부해야 하겠습니다
그래도 다음에 그 사람의 시집이 나오면 또 살 겁니다
나는 그 사람을 좋아합니다
그 사람은 전혀 내가 그 사람을 좋아하는지
그 사람의 시집을 샀는지 읽는지 읽어도 모르는지
모르고 있을 겁니다
그 사람이 나를 모르고 있는 것이
그 사람이 나를 알고 있는 것보다 편합니다
고만한 접근이 서로 다행입니다

나는 내가 발견하지 못한 세계를
그 사람을 통해서 알려고 하는 노력을 알면서
노력한 만큼 성과가 나지 않아
내가 나를 채찍질합니다만 때로는
지나치다는 생각이 불평으로 옮겨 올 때가 있습니다
그때마다 미안합니다
그렇다고 내 시 세계를 어렵게 하고 싶지는 않습니다
나는 시가 쉬워서 손해될 것이 없습니다
때로는 내 시가 너무 쉬워서 미안할 때가 있습니다

남이 나를 보는 눈

나는
남의 눈에 보이기를
실제보다 처량하게 보이고 싶어 하는 것 아닌지
원본보다 외롭게
원본보다 가련하게
원본보다 처량하게
그래야 시적詩的으로 보인다는 것인지
누군가가 그렇게 비난하면 나는 할 말이 없다
틀림없는 그 상像이다 그러면 사방에서
맞아 맞아 할 거다
그게 맞는 말이다

출구조사

그렇다고 나를
문밖으로 나오는
나를
세워놓고
출구조사 할 것까지는 없다
적게는 두세 명
많게는 이삼십 명
플러스 마이너스 오차범위
어쩌고저쩌고
그런 식으로
나의 멱살을 잡을 필요는 없다
나는 유행성감기에 감염된 상태로 서 있으니까
스마트폰에 들어있는 나를 봐도 그렇다
지금 나는 카카오톡에 감염된 상태이니까

나의 변화
– 담론

어느 모임에서
'느끼며 사는 데는 예술만한 것이 없다'며 입을 연다
사람에 따라 다르겠지만 예술을 통해 느끼는 방법이
가장 이상적이라고 본다
시 그림 조각 음악 무용 연극 영화
이런 것들은 모두 느끼는 행위요 결과라고 본다
이렇게 담론은 계속되다가

오십 년 전으로 훌쩍 뛰어간다
1960년대 중반 토론토 대학 영문학 교수 맥루안(1911~1980)
의 '미디어에 대한 이해 : 인간의 확장(1960)'에 끌려 한노단韓
路檀 교수의 강의실에 앉았던 기억 그때 그는 자기의 저서 '희
곡론'을 끝내고 맥루안의 미디어를 꺼냈다
맥루안은 전자정보 매체가 사회학과 예술 과학 종교 등
의 영역에서 인간의 사고와 사상을 형성하는데
영향력을 미칠 거라는 예언

그러고 보니 나도 모르는 사이에 많이 변했다
글 쓰는 방법이 변했고
생각하는 방향이 변했다
붓에서 연필 연필에서 만년필 만년필에서 볼펜 볼펜에

서 타자기 워드프로세서 컴퓨터 노트북 핸드폰 스마트폰
 드디어 갤럭시 노트
 그때그때 유행되는 대로 버리고 바꾸고 바꾸고 버렸지만
 함몰된 적은 없다
 쫓기며 변했지만 도망치진 않았다
 그 덕에 생기가 돈다 바람개비처럼 돈다
 한 달에 한 번씩 인사동에서 시를 읽는 것도 좋지만
 사이버공간에서 또 다른 사람들과
 소리 없는 속삭임이 좋다
 그것이 변화다
 그것은 컴퓨터와 스마트폰의 몫이다
 내 벼루엔 먹물이 마르고 붓이 마르고
 만년필 잉크가 마르고
 그렇게 변한다는 것을 1960년대에 맥루안이 말했는데
 그땐 전혀 몰랐다
 2012년에는 아이작슨이 쓴 '스티브 잡스'와
 갤럭시 노트 사이를 오가며 시를 쓸 거다
 지금은 그런데 또 무슨 변화가 올지 모른다
 그러나 그 변화에도
 내가 시에게로 가는 길은 변하지 않을 거다

웃음 금지구역

내과 병동에 혈압계가 네 개
혈압계 앞에 앉았다 일어나는 사람마다 수치가 다르다
한 사람은 156
또 한 사람은 160
또 한 사람은 162
또 한 사람은 157
혈압을 재는 사람들은 대개가 노인들인데
혈압이 모두 150을 넘어간다
나도 윗옷을 벗고 너구리 집 같은 구멍에 팔을 넣는다
팔을 조이며 돌아가는 기계 소리가
120에서 멈춘다
내가 정상인지 비정상인지 모르겠다
그 기계에서는 나도 150을 넘어가는 줄 알았다
그렇다고 나는 '정상이다' 하고 기뻐할 수도 없다
이곳에는 웃는 사람이 없다
의사들은 마스크로 입을 가리고 밥 먹을 때만 입을 연다
웃음이 금지된 구역 같다

권위주의

남의 권위주의는 싫어하면서
나는 어떤가
나도 남에겐 권위주의자
이름을 내세우고
등단을 내세우고
시집을 내세우고
나이를 내세우는 은근한 권위주의자

이름은 이생진
시집은 『그리운 바다 성산포』
나이는 팔십삼
팔십삼에서 팔십사를 왔다 갔다 하는 것은
기억력이 없어서가 아니라
한 살이라도 더 먹히려는 잣대다
따지고 보면 나도 권위주의자다

막걸리와 와인

나에게 주법酒法을 제대로 가르쳐준 사람은 없다
막걸리는 논에서 벼 벨 때
벼 베던 일꾼이 권해서 마신 것이
첫 잔이고
한 때 와인을 섬에까지 짊어지고 와서
밤새 마시며 내게 주법을 가르쳐줬지만
불행하게도 나는 와인으로 성공하지 못했다
하기야 막걸리로 성공한 것도 아니지만
술은 역시 한두 잔에서 끝내는 맛도 술맛으로 쳐야 한다
두 잔에서 막걸릿잔을 놓을 때가 제일 맛있다
커피는 한 잔에서 잔을 놓는데
왜 술은 한 잔으로 잔을 놓지 못할까
하지만 술을 보면 술을 볼 때마다 그 사람이 떠오른다
소주는 ㅎ이고
와인은 k이고
맥주는 ㅇ 이런 식
그 술이 그 사람을 찾는 것도 향수다

가상 유물 발굴 전展

— 2012. 2. 2 ~ 2. 18 아트사이드 갤러리

'땅속에서 만난다'는 초대장을 받았다

짙은 주황색에 흰색으로 쓴 이름 다섯

김주호

한애규

최정윤

윤명순

윤주일

나는 김주호밖에 모른다

김주호는 나의 흉상을 테라코타로 빚은 사람이다

둘이 만나는 곳은 강화도 아니면 인사동

만나면 막걸리다

막걸리가 말[言]처럼 잘 통한다

그런데 이번 전시회 제목이 재미있다

'서촌, 땅속에서 만나다

— 5인의 테라코타, 가상 유물발굴 전展

좀 길지만

서촌은 전시장 가까이에 있는 인왕산 그 언저리

아예, 자기들의 유골을

오백 년 후에 캐내는 발굴 전이다

주례사

주례사를 쓴다
주례사는 읽기보다 쓰기가 어렵다
신념을 가지고 써야 하기 때문
신부 신랑에게 그 신념이 파고 들어가야 하기 때문이다
그것을 찾기 위해 나는 내 결혼사진을 찾아내
결혼식 날을 회상했다
흑백사진 뒤에 1957년 2월 25일(28세)라고 쓰인 사진
그 사진을 보니 생각난다
중학교 때 친구 유상현이 결혼선물로 가지고 온
손바닥만 한 은행나무 두 그루
그것을 처갓집 밭둑에 심어 오십오 년이 된 오늘
거기서 딴 은행알 열 개를 주머니에 넣어
신부와 신랑에게 주며
'이 은행을 가슴에 심어 은행나무를 볼 때마다 결혼식
날 주례가 읽어 준 주례사를 생각하라'고 썼다
  그리고 그 주례사를 조카 결혼식 날인 2012년 2월 3일
예식장에서 읽었다
  그랬더니 식장은 숙연해지고
  신부 신랑은 은행나무잎처럼 손을 꼭 잡고
  하나 되었다

살아있는 은행알 때문에 그런 것이다
주례사보다 나의 결혼의 혼이
그 은행알에 들어 있어 그런 것이다
그리고 나는 나를 생각했다
어려운 세월을 꿋꿋이 살아온 나와 아내의 삶
그것을 은행나무 바라보듯 바라보니 감개무량하다
나도 그 고마움에 감전됐다

가난의 분배

– 김영희의 『행복한 기적』

재물을 공평하게 분배하기란 어렵다
정신을 공평하게 분배하기 어렵기 때문이다
가난을 이야기하면 아프고
부富를 이야기하면 풍요로운 시장바닥에서
가난과 절망만 배당받은 사람의 책을 읽는다
왜 이렇게 죄 없는 유아기부터
불공평한 분배를 받아야 하나
인생은? 하고 읽기 시작한다
이름난 영웅전도 아니고 많이 읽힌 위인전도 아닌
그저 죽어라 하고 가난과 싸운 끝에 겨우 숨을 돌린
신인전新人傳 김영희의 『행복한 기적』*을 읽는다
내가 쓰다가 연필이 부러질 것 같아 포기한 이야기
그런 이야기를
김영희는 칼을 뽑듯 연필을 뽑아 가난을 쓴다
가난 때문에 자살을 기도했던 어머니와
술과 방탕으로 소일하던 아버지
남의 집 단칸방에서 사 남매가 오그리고 살던
지긋지긋한 세월을 몽당연필로 쓴다
더는 갈 곳이 없는 절벽
삼류극장 찢어진 스크린에서 그레고리 펙을 보고

서러움을 푸는 굴뚝을 만나듯
의지를 가다듬었다는 김영희 그 아픈 가슴
나는 그 가슴을 어루만지듯
무거운 책장을 한 장 한 장 넘긴다
'행복한 기적' 방금 나온 책
그렇지만 가슴이 아파 더 못 읽겠다
슬픈 이야기를 한꺼번에 쏟아 붓기 때문에
다른 것을 읽고 싶을 때
그의 프로필 사진은 얄밉게 웃는다
책을 덮을까 하다가 마지막 에필로그까지 읽었다
누가 묻는다
"지금까지 살아온 것처럼 다시 살겠느냐?"
"네"하고 대답한다
절망 속에서 희망을 찾으려고 흘렸던 눈물을
다시 흘리겠다는 김영희
이것이 공평하게 분배될 수 있을까
이를 악물고 덤비는 의지 없이

* 『행복한 기적』 : (다밋/2012)

갤럭시 노트와 나

스마트폰을 연다
푸른 초원에 하얀 풍차
풍차는 오른쪽으로 돌고
구름은 왼쪽으로 지나간다
구름은 어디서나 말이 없다
사랑하는 노트
갤럭시 노트
오전 8시 20분
2월 5일 일요일
2012년
잠금 해제를 위한 패턴 그리기
수만 가지 메뉴 중에
나는 고작 다섯 가지

전화
S메모
S플래너
카메라
갤러리

이 중에 제일 신나는 것은 S메모

펜을 설정에서 청색을 가늘게 만들어 얼굴을 그리고

빨간색을 부풀려 입을 그린다

그러면 하루의 로그가 태어난다

다음엔 T를 눌러 글을 쓴다

갤럭시 노트가 내 기억을 이어가고

내 글이 내가 있음을 찾아낸다

의식의 존재

언어감각

생의 행방

그것이 눈이 되어

오늘을 발견한다고

쓴다

그리고 나는 갤럭시 노트를 닫고

밖으로 나간다

물론 갤럭시 노트를 가지고 나간다

서울에서 외돌개

서울에서 외돌개 그림을 봤다
서울 경복궁역에 외돌개를 그린 그림이 발을 멈추게 했다
나는 걸음을 멈추고 앞으로 다가가서 봤다
외돌개
제주 서귀포시 삼매봉 아래에 있는 돌섬이다
다들 그대로 지나가는데 내 발만은 툭 걸린다
그리고 누군가가 외돌개에 대한 말을 건다
나는 범섬 뒤에 있는 수평선까지 달려갔다
본래 내 성격이 그렇게 한꺼번에 보는 성미라서
그리고 외돌개 바로 절벽 포장집에 앉아
막걸리 한 잔 시켰다
그거면 나는 완벽한 존립
추억도 거기 있고 미래도 거기 있다
아니 무엇보다 확실한 오늘이 있다
그러기에 충분한 그림 외돌개
그걸 이야기할만한 사람이 여기 경복궁역에는 없다
그래서 그 그림이 더 나를 잡아당긴다

집 커피와 자판기 커피

집에 커피를 두고 세심천 자판기를 찾아간다
습관이다
집 커피는 원가가 백 원인데
세심천 자판기 커피는 삼백 원을 집어넣어야 나온다
그런 계산으로 따지면 아무것도 타산이 맞지 않는다
그래도 간다 세심천으로
그리고 자판기에서 커피를 **뺀**다
다른 것이 있다
공원엔 나무가 있고 겨울이 있고 지나가는 사람이 있고
나처럼 자판기에서 커피를 **빼**는 사람이 있다
그 사람 보고 '집에서 커피를 마시지
왜 나와서 마시느냐?'고 묻지 않는다
일일이 물어가며 따지며 계산하며 살지 않는 지혜
그걸 나무랄 사람이 없다

추억의 부산항

잃어버린 추억을 건지기 위해
부산항
1953년을 더듬어
용두산 전망대
남포동
영도다리
국제시장
군복가게
사십四十계단
판잣집 공동변소 그 언덕 그 자리
자갈치시장
동대신동
이렇게 물에 빠진 쥐새끼처럼
겨울 밤 덜덜 떨며 추억에 빠져 돌아다녔다
육십 년이 지난 겨울 밤

등대와 등대 사이

태종대
아찔한 이마 위에서
마주 보이는 섬

생도*

말 없는 고독
과
고독 사이

잠시 후 문자가
'여기서도 네가 보인다'고
콕콕 찌른다

*생도 : 일명 주전자 섬. 태종대 등대에서 보이는 무인도

태종대 등대

등대는 외로움이 신념인데
태종대 등대는 외로움이 없다
등대는 외로움이 언어인데
태종대 등대는 언어가 없다
그래서 나는 차라리
맞은편에 있는 생도와 주고받는다
생도의 실루엣
그 실루엣에 문자를 보낸다
외로움을 사수하라고

시인과 커피
- SALPRESSO

고향에 갈 때마다 시 쓰는 친구가 늘어난다
나는 어렸을 때 명륜산에서 산토끼를 놓치고
그 토끼를 찾는 데 오십 년이 걸렸지만
아직도 보이지 않는 토끼를 생각하며
양유정 느티나무 길을 걸어
호수공원
시인들이 모여 시를 이야기하는
샐프레소에 온다
enjoy the poem
enjoy the coffee
호숫가에서 기웃거리는 소나무
SALPRESSO에 들어오면
저도 커피에 젖어 시를 쓸 것 같다며 기웃거린다
뒤따라오던 저녁노을도 밖에서 기웃거린다

살고 싶어요

전화가 왔다
'누구세요?'

"독자讀者ㄴ데 『'반 고흐, 너도 미쳐라'』*를 읽다가 전화
걸었어요"

'누구신데?'

"서귀포에 사는 독잔데 고흐가 좋아 전화 걸었어요 전
서귀포시 하효동에 살아요"

'하효동? 그럼 한라산을 많이 보겠네 교문 앞에서 잘 보
이죠'

"바로 그 교문 옆에 살아요 일 년만 살다 돌아가려 했는
데 더 살고 싶어요"

'서귀포 보목은
제주도에서 가장 살기 좋은 곳
보목 포구에서 보이는 섬 지귀도

나는 지귀도에서 살고 싶어요
지귀도는 무인도 무인등대가 있죠
그 등대랑 한라산을 보며 살고 싶어요'

고흐 이야기는 하지 않고
저마다 살고 싶다는 이야기
왜 고흐처럼 살겠다는 말은 안 할까

*시집 『반 고흐, 너도 미쳐라』 (우리글/2008)

꽃수건 쓴 여인

– 변명선의 '해녀 그 삶의 울타리 전展'

변명선의 테라코타를 본다

'꽃수건을 쓴 여인'

그 순간 떠오르는 여인이 있다

1951년 10월에 모슬로포에서 본 무명수건을 쓴 여인

구덕을 지고 머리 숙인 채 돌담길을 지나가던 여인

그때 나는 그 여인의 무거운 그림자를 읽지 못했다

1952년에도

1953년에도

그 무명수건을 읽지 못했다

그러다가 1995년 겨울

쉬 쉬 하는 억새바람 소리를 따라

다랑쉬오름으로 가다가 팽나무 아래에서 읽었다

그 후 2000년 김순이 시인의 『오름에 피는 꽃』에서

'오름 보면 나 눈물 난다

이 오름은 어머니 가슴

저 오름은 아버지 혼백'

그리고 2003년 가슴을 에는 시

허영선 시인의 '무명천 할머니'*

'한 여자가 울담 아래 쪼그려 있네
손바닥 선인장처럼 앉아 있네
희디흰 무명천 턱을 싸맨 채'

점점 나는 무명수건의 깊이를 읽어갔다
그리고 제주를 보는 눈을 닦았다

그 후 나는 오월이면 서귀포 이중섭거리에서 시를 읽었다
그때마다 이광희는 기획을 보고 변명선은 사회를 봤다
그때 변명선이 테라코타 작가라 하기에
작품 전시는 언제 할 거냐고 물었다
변명선은 그것을 의식했나 작품이 되자 메일을 보내
숙제를 했다는 듯 안도의 숨을 쉬었다
제주 여인이면 누구나 제주 여인의 아픔을 알겠지만
작품을 통해 그 아픔을 아파하는 것은
시인과 작가의 사명이다
김순이 시인과 허영선 시인은 시로 아파했고
변명선 작가는 흙으로 빚으며 아파했을 거다
제주 여인의 강인함과 아름다움을…

테라코타란 흙에 혼을 불어넣은 거

그 작업을 통해 보여주고 싶은 것은 보는 사람으로 하여금

작품의 혼이 살아 움직이게 하는 것이어서 어렵다

아마 변명선은 어머니부터 할머니까지

아니 진아영 할머니*의 무명천까지

흙으로 빚고 싶었을 거다

테라코타는 흙으로 빚은 시

나는 '꽃수건 쓴 여인'에게서 시를 읽는다

육십 년 전 모슬포에서 봤던

무명수건을 쓴 여인의 그림자를

'꽃수건 쓴 여인'에게서 읽는다

*진아영(1914~2004) : 제주 4·3사건이 일어난 다음해인 1949년 겨울 신원 불명의 토벌대가 쏜 총에 맞고 턱을 잃었다. 그리고 죽는 날까지 오십오 년 동안 무명천으로 턱을 가리고 혼자 살았다.

손과 발

잠자기 전에 발을 씻는다
발바닥 발꿈치 발가락 사이사이를 비누칠 하며 씻는다
평생 손은 그렇게 발을 씻어줬다
발은 한 번도 손을 씻어준 적이 없다
오늘은 발이 손에게 미안해한다
나이 들면서 발도 철드나 보다

오늘 만난 사람

산길을 걷다가 산에서 만난 사람도 노인이다
노인끼리 만나면 이름보다 나이가 궁금하다
얼마큼 살았을까 해서
내가 먼저 여든셋이라고 했더니
그는 뒤로 물러서며
여든둘이라고 한다
자기가 나보다 많이 먹은 것으로 생각했던 모양이다
노인네들의 예감은 잘 빗나간다
그것이 대화의 고리다
몇 살이냐
점잖게 '춘추가 얼마냐' 하기도 한다
그다음엔 어디 사느냐고 묻는다
그리고 어디로 올라왔느냐
하루에 얼마나 걷느냐
그래서 나는 좀 의학적인 것을 물었다
혈압은?
당뇨는?
전립선은?
이것만 알면 그 노인을 안다
혈압은 148에 맥박이 80

혈압약도 먹고 당뇨약을 먹는다며
순서대로 내놓는다
내가 전립선은 어떠냐고 물었더니
밤에 잠자다 너덧 번 화장실에 간다고 했다
그러고는 할 말이 없어서
다음에 만나자고 했다
만날지 어쩔지는 전혀 모르면서

노인과 바다

우연히 TV에서
키웨스트*에 있는 헤밍웨이의 집과 바다를 보고
책꽂이에서 『노인과 바다』를 꺼낸다
『노인과 바다』는
헤밍웨이의 배요
헤밍웨이의 돛대요
헤밍웨이의 항로다

첼로에
수영에
보트에
사냥에
낚시에
축구에
야구에
권투에
전투에
투우에
소설에
시에

사랑에
죽음에 이르기까지
물불을 가리지 않고 뛰어든
겁 없는 야성을 부러워하긴 했지만
헤밍웨이 그 자신이기를 바라지는 않았다
사노라면 누구에게나 행복도 있고 불행도 있는 법
그 장단이 고르지 않아 그렇지
무엇인가 있기는 있다
인생에

역시 인생은 스스로가 지켜야 한다는 지론에
이의는 없지만
약한 의지력에서 그랬나 나는
열여섯에 죽지 않고 살아남았음을 고마워하는데
시기적으로는 열여섯보다 스물한 살이 적합했다
그땐 눈먼 수레바퀴 밑으로 빠져나와
이상하게 살아남아서 시詩 시하며 시를 쓰는 것이
얼마나 고마운지
그것을 헤밍웨이에게 자랑하고 싶다
헤밍웨이는 갔다

나는 그의 『노인과 바다』를 읽고 있고

그가 죽은 나이에 살아서 그의 소설을 읽는 것은

기적이다

살아 있다는 것은 누구에게나 기적이다

그것을 제 손으로 쏴 죽인다는 거

그건 숨 막히는 죄악이다

그가 전쟁에 뛰어들어 취재하는 열정과

술 마시는 쾌락과

네 번의 결혼과 세 번의 이혼 그런 속성 아니면

또 무엇으로……

아니다 그는 이미 어쩔 수 없는

'살라오salao'에 이르렀던 것이다

'살라오'란 『노인과 바다』 첫 장에 나오는

'가장 운이 없는 사람'

나는 그것을 분석할 책임이 없다

그저 읽기만 하면 그만이다

그가 자기에게 쏜 엽총 소리와

고흐의 권총소리를

감별할 의무도 없다

때로는 그들의 최후를 내가 반성해야 하기 때문에

그들의 마지막 순간처럼 어지러울 때가 있다

내가 고흐의 '까마귀 나는 밀밭'을 걸어놓고

헤밍웨이의 『해는 또다시 떠오른다』

『무기여 잘 있거라』

『누구를 위하여 종은 울리나』

『노인과 바다』

이 중에 나는 『노인과 바다』를 제일 좋아한다

지금도 TV에서 키웨스트의 집과 바다가 나오기에 얼른

『노인과 바다』를 뽑아들었다

그리고 첫 장부터 다시 읽는다

『노인과 바다』 어쩌면 그렇게 내게

알맞은 제목인가 하고

아바나의 소년에게서 커피를 얻어 마시는 기분으로

읽는다

오늘은 이상하게 푸른 바다가

노란 밀밭과 빨간 투우장으로 보인다

그들은 갔지만 그들의 승리를 위해

'투우사의 노래'를 부르고 싶다

*키웨스트Key West : 미국 최남단으로 본토에서 160km 떨어져 있는 모래 산호섬에 있는 도시. 인구 이만 명 남짓(1990). 어니스트 헤밍웨이가 살던 집이 보존되어 있다.

액정화면

내 컴퓨터 액정화면은
우이도 성촌 해변에 있다
나는 백사장 한가운데 서서
내게만 들려오는 소리를 담는다
언제 거기까지 갔을까 하는 생각도
물소리와 함께 담는다
사진이지만 서 있는 마음은 평면이 아니다
한 번도 구겨진 적이 없는 수평선을 바라보며
아득한 데로 달려가는 마음을 따라
내 마음의 이동반경을 담는다
화면에 걸려 있는 메뉴는
▷Internet explorer
▷파일로 가기
여기엔 내 후반기의 작업이 담겨있고
▷캡순이:
캡순이는 내가 찍어온 사진의 주방장이고
▷엽서로 가기:
엽서로 가기는 인사동 시낭송을 알리는 인쇄소다
▷사진 저장
▷시 쓰기

▷일기 쓰기

▷곰플레이어

여기는 불청객들이 모여 사고파는 매장인데

별 관심이 없다

나는 내 액정에서만 편하다

아무도 들어올 수 없는 곳

아무도 들어오지 않아서 조용한 곳

소위 말하는 금지구역

혹은 빨간 줄이 그어진 통제구역

나도 얼마 동안 독채에서 독재를 부리는

권력이 되고 싶다

여기까지 따라오겠다고 하면

망치로 액정을 부수겠지만

따라오겠다는 사람이 없어 액정은 멀쩡하다

우이도 성촌 해변

섬은 그렇게 외로운 운명을 지녔다

그래도 소란보다는 마음이 편하다

꿈에서도

편한 바닷가

편한 생리대

편한 귀마개
편한 갈매기
편한 감금
그래서 나의 도록은 편하다
그래서 생각나는 대로 생각나는 사람을 입력한다
여기는 우이도 성촌
'이장 나와라'
액정화면으로 나와라

이웃 감정

이웃 감정은 유치원 때부터 있고
학교에 들어가서는 옆자리를 잘 만나야 하고
집에 와서는 옆집을 잘 만나야
아니 나라와 나라 간에도 이웃을 잘 만나야 한다

아니 이것은? 또
발가벗고 들어온 목욕탕인데
거기에도 이웃이 있다
때를 밀어주겠다는 이웃은 좋지만
자기 몸에만 뿌려야 할 물을 태연하게
옆 사람에게 뿌리고도 모른 체하는
아니 그렇게 태연한 알몸과 알몸 사이
아니 그보다
내가 쓰려고 깨끗이 씻어놓은
세면기와 깔개와 비누그릇을
탕에서 나와 보니 옆 사람이 손쉽게 쓰고 있으니
이것도 이웃 감정에 속한다
모두 내가 참으면 되는 것인데
발가벗고도 그 마음이 안 생긴다

시 읽는 재미

아무리 못 쓴 시라도
꼭꼭 씹어서 읽으면 제 맛이 난다
내 시에서는 내 맛이 나고
네 시에서는 네 맛이 난다
그 맛 때문에 깊은 밤 고독을 밝히며
시를 읽고 시를 쓴다
너도
시를 읽어라
내 맛이 날 때까지 읽어라
읽고 또 읽어라
내 맛이 나지 않거든 버려라
미안하지만
내 시에서 땀 냄새가 날 때까지 읽어라
내 시에서 눈물이 날 때까지 읽어라
땀과 눈물이 나지 않는 시는
읽지도 말고 쓰지도 말라

내 손을 내가 만지며

내 신체에서 부위별로 공로를 따진다면
손이 제일 우선순위다
중노동이란 노동은 손이 다 하는 것 같다
물건을 들어 올리고 내려놓는 것부터
땅을 파고 묻는 일까지
아니 내가 시 쓰는 일만 해도
전에는 만년필에서
지금은 만년필이 계곡 마르듯 말랐지만
아니 만년필을 쓰지 않는 지금도
손은 글자를 더듬어 시를 만들고 있다
젊어선 쳐다보지도 않던 지팡이를 어루만지고 있다
요즘은 지팡이에 손이 많이 간다
아니 입으로 음식을 떠 나르는 숟가락과 젓가락도
손이 맡고 있다
손등엔 소나무 뿌리처럼 얼기설기 부풀어 오른 혈관
손바닥엔 내가 다닌 온갖 길이 다 그어져 있다
한 번쯤은 손을 쓰다듬어주고 싶은 내 마음
아흔 언저리에서 손을 들여다보는 것도
손을 생각하는 일이다
손은 나의 백서다

관계 끊기

관계 맺기를 사양해야 하겠다
어디 가면 명함을 주고 악수를 하고
명함엔 주소와 전화번호와 이메일 주소
그리고 과장 부장 혹은 사장 혹은 전직 아무개
또는 솔직히 시인
이 사람들과 어떻게 관계를 끊나
모르는 척하기
아니면 연락 않기
무관심하기
그런 하기가 있는데
제일 좋은 것은 세월에 맡기는 것이다
일 년 이 년 지난 뒤에도 그 전화번호로 전화 걸면
대개는 대답한다
그러지 말고 그저 모르는 척하기
무관심하기
그들도 나를 그렇게 할 거다
내가 무관심하기 이전에 그렇게 할 테니
서둘지 말라는 것이겠지
세월이 가면 그만이라고
하지만

우리 어머니와 아버지는
명함도 없고
주소도 없고
이메일도 없고
핸드폰도 없고
그쪽은 아예 기억조차 없는 것이지만
그게 관계가 끊어진 것인가
이렇게 혼자 묻는다

나의 하루

안경을 쓴다

글자가 보이듯 하루가 보인다

시인이라고 일어나 시작하는 일이 모두 시가 되는 것은

아니다

그러나 그렇지 않다고 할 수도 없다

일어나 시계를 보면 네 시를 알고

네 시면 내가 하루의 어디에 있다는 것을 안다

안다는 것이 중요하다

책상 앞으로 간다

시간을 확인했을 때 시간의 역할은 그때뿐이다

책상은 잊고 책을 읽는다

책은 잊고 글을 읽는다

책을 읽다가

날이 밝고

지팡이를 들고 산책길에 나서고

누가 지나가는데

늘 만나도 지나치며 인사를 하지 않았으니

생판 모르는 사람으로 일 년이 지났다

말 못하는 나무보다 남남이고

명함을 주고받지 않았으니
이름도 모르고 주소도 모른다
늘 지나가다 만나는 나무는
참나무
소나무
밤나무
떡갈나무 하고 이름을 대는데
그 사람은 내 옆을 바싹 지나가도 모른다
이렇게 쓰고 보니
시가 되었다
나도 모르는 새 시가 되었다
시가 없는 순간 순간이었는데
시가 되었다
싱겁게 시가 되었다

종로 뒷골목

YMCA에서 민들레영토로 가다가
본죽&비빔밥과 Cafe 사잇길로 들어가면
막힐 듯 막힐 듯 끌고 가는 골목이 있지
거기서 멈추지 말고
거기서 망설이지 말고
거기서 당황하지 말고
거기서 미아가 될 각오로 용기를 내는 거다
그 골목에 와서 돼지 내장을 꺼내
지글지글 구워 먹으면
고불고불 내려가는 내 내장도 골목길이다

딱따구리의 공연

혼자 산길을 걷는데

딱따구리가 나무를 쫀다

그 소리가 하도 아름다워

가던 길을 멈추고 숨을 죽인다

딱딱한 나무를 저렇게 부드럽게 두들기니

저건 예술이야

저건 독주獨奏야

저건 예술의 전당에서 들어야 할 천혜의 음향

딱따구리도 저걸 예능으로 여길까

먹기 위해 두들기는 숟가락 장단?

고상하게 손뼉을 치고 싶다

그럼 날아가겠지

관객들은 예술의 극치라며 기립박수 할 텐데

그럼 날아가겠지

비행기와 시인과 스마트폰

옛날 옛날
아주 옛날도 아닌 옛날 내가 어렸을 때
나는 한 번도 비행기를 타지 못하고 죽을 거라고
비행기가 날아가는 하늘을 향해 원망했는데
살아서 여러 번 비행기를 타 보니
비행기 속에서 본 땅이 생각보다 좁더라
그래서 이번엔
지구를 벗어나 더 먼 곳으로 날아갔으면 하는 생각이

☆　○　♂

젊어서는 누구나 허망한 시인의 늪에 빠지기도 했는데
요즘 젊은이들은 스마트폰에 빠져 정신이 없다
아니 아이들도 더 어린아이들도 스마트폰에
그러니 스마트폰은 장사가 될 수밖에
시는 장사가 안 되는데
그래도 다시 태어나 시인이 될 거냐
물으면 그렇다고 대답하겠다
생전에 타지 못할 것 같던 비행기를 타고 보니
시인이 갈 길도 보이더라

신경질

교복을 입은 중학생 놈이 담배를 피우며 오다가
새벽 산책길에서 내게 발각됐다
내가 혼자 산책하는 곳을
그 애는 혼자 담배 피우기가 좋았던 모양이다
담배꽁초를 피우다 말고 휙 던지더니
뒤도 안 돌아보고 가버린다
그 담배꽁초에서 연기가 난다
실패한 연기
내가 가서 연기를 밟아 죽인다
그 애를 지팡이로 때리고 싶었는데
어쩌다 저렇게 되었을까
교육이 어디로 가기에
첨단을 가는 교육이 저렇게 되었을까 하고
혼자 개탄하듯
그 개탄을 발로 비비듯
애매한 담배꽁초만 가지고 신경질이다

바다 앞에서

나는 외로울 때 바다로 간다
바다를 보면 네가 그립기 때문이다
그리운 것 이상의 갈구는 없다

수평선 위로 떠오른 조각배
그 속에 네가 있다는 생각
그 이상의 것을 모른다
사람들은 바다 앞에서 큰 것을 바라지만
바다는 끝까지 작은 것을 챙긴다

나는 바다 앞에서 옷을 벗는다
물고기처럼 옷을 벗는다
물고기는 부끄러운 데가 없다

낙원호프집 앞에서

– 취중 방가

밤늦게 인사동
낙원호프집 앞을 지나다가
까치발로 창문 안을 들여다본다
안에는 오륙 명
그 자리
우리가 2차 하던 그 모습 그대로 앉아
땅콩과 노가리로 맥주를 새기는 사람들
그 순간 까치발에서 방귀가 나온다
방귀는 자유의 여신
내 제동력으로는 막을 수 없는 언어의 향기
하는 수 없이 각설이를 불러 수거케 한다

'시아버지 방귀는 호령방귀
시어머니 방귀는 잔소리방귀
시누이 방귀는 여우방귀'

하다가
시인의 방귀는? 하고
웃는다

추억

노인이 의지할 수 있는 기둥은
뼈 없는 추억밖에 없다
누군가가 오래된 추억을 귀띔해주면
그것에 꼬리를 물고 나오는 것이지
대개 오십 년 육십 년 묵은 것들

수화기는 아무리 심한 사투리라도
매끈하게 전해준다
갯바람과 심한 남쪽 사투리는
갈매기 소리만큼이나 부산하다
그것을 생선 가시 발라내듯 발라가며 들으면
애교 덩어리다

'홍사건, 그분의 조카 홍동국인데요
그 삼촌은 서른한 살 때 스위스에서 돌아가셨어요
그런데 우연히 선생님이 인터뷰한 글을 읽다가
거기에 삼촌 이름이 나와서 반가워 전화 걸었어요'

홍사건
그는 내가 고1 때 서울대 불문과 2학년
방학에 돌아오면 나에게 문학을 이야기해주던 선배였는데

6.25가 나자 전장에서 프랑스군 통역관으로 있다가

프랑스군이 귀국할 때 함께 프랑스에 가서 소르본 대학
에 들어가

졸업 후 유엔본부에 취직해서 결혼할 직전에 사망했다는

거기까지 그걸 확인했더니 '맞다'고 한다

그러면 그것은 60년 전 이야기다

누군가가 나에게 문학은 어떻게 시작했느냐고 물어오면

늘 그 사람의 영향이라고 답했는데

오늘은 그의 조카가 전화 걸어왔다

그는 나의 독자라며 자기 삼촌하고 나하고의

인연을 반가워했다

'그분이 스위스 여인하고 결혼한다는 소식이 있었는
데…' 했더니

그렇다고 맞장구 친다

사투리는 점점 들을만했는데

이야기가 끝났다

다음에 만나자는 막연한 약속을 끝으로

이렇게 육십 년 전이 새롭게 들어오는 것은 신선하다

그래서 오래 살아도 반가운 것이 있다고 나를 위로했다

작품과 나 사이

그림 한 장 그리는데 하루 종일
혹은 이틀 사흘
그런 그림을 단 5초 아니면 10초
그러고 다음 그림으로 발을 옮기는
전시장 발걸음
아니 전시장 안에서도
다른 약속에 쫓겨
휙 1분 내에 보고 나가는
그것은 인간이 아니다
예의가 아니다
윤리가 아니다
작품과 나 사이
또는 초대장과 나 사이
작품이 작가와의 관계만큼이나 관계를 맺는다며
내 눈과 발은
더 시간을 길게 잡아야 한다
그림 한 폭에 적어도 1분
여하튼 몇 년을 두고 그린 작품을
몇 분 보고 나가기엔 말이 아니다

독서의 매력

어제는 헤밍웨이의 '노인과 바다'
오늘은 카잔차키스의 '그리스인 조르바'
아바나에서 시작된 내 바다를 사흘 만에 끝내고
이번엔 크레타 섬으로 가는 배를 기다리다
조르바를 만난다
두 권의 징검다리를 거쳐
발걸음은 섬으로 옮겨가지만
입에서 입으로 옮겨가는 인생은 모두 시와 시의 숲길
산티아고의 낚싯줄에 매달린 청새치의 몸부림도
조르바의 산루트도 바다에서는 사이렌이 되어
나를 유혹하다 돌로 굳어버리는 요정
그 가슴에 부딪히는 파도소리이고 싶어

비 내리는 선거철

소나무에도 떡갈나무에도 비가 내린다
맑은 비가 내린다
봄비가 예쁘다
해가 뜨면 나무들이 춤을 추겠다
부족한 것을 뿌리에 맡기는 공급책
문득 선거철이 떠오른다
선거운동이 오늘까지니까
그들에게 봄비는 무슨 의미일까
그들도 봄비를 마시며 맑아졌으면
비 맞는 순간만큼은 그러하리라
생선가게
구멍가게
연탄가게 찾아다니느라
낮은 데로 낮은 데로 허리를 굽히며 찾아다니느라
허리가 아프겠다
승용차도 없이 좁은 골목 언덕길을 돌아다니느라
다리가 아프겠다
선거가 끝나면 쳐다보지 않겠지 하면서도
그 손을 잡아보고 싶어 야단이다
골목길 사람들은 선거가 끝나면

연탄재처럼 방치되는 가난을

한두 번 경험한 것도 아니고

그래도 혹시나 하고 비를 맞으며 내다본다

흔히 말하는 민심이다

아직 천심까지는 멀었지만

그래도 내다본다

모두 울긋불긋한 점퍼를 입고 올라간다

봄비가 가난한 얼굴에 내리듯

그 사람들 이마에도 내린다

밤늦게까지 비가 내린다

구름과 나

성벽처럼 완벽 하려던 구름이
소리 없이 무너져내려
내가 지팡이를 짚고 나선다
손오공 같다
지나가던 구름이
부러워한다

혼자 웃기

어제는 비바람에
하늘이 가진 것 다 동원해서 공격하더니
사다리차가 쓰러지고 지붕이 날아가고
날아가는 위를 또 날아가더니
오늘은 여우처럼 웃는다
웃으니까 좋다
전신주도 꽃처럼 웃고
웃으니까 좋다
나도 가다 말고 웃는다
웃으니까 좋다

꽃향기

산책길에서 매화 꽃을 보고 좋아했다
그 향기 도망칠까 봐 들이마신 숨 내뱉지 않고
아파트 엘리베이터를 탔다
이번엔 진한 화장 냄새
나는 여기서 매화꽃 향기를
놓쳐버렸다

하늘에서 지도 읽기

내가 앉은 곳은 세심천 갈나무 아래 긴 벤치
버릇으로 들고 있는 값싼 자판기 커피
그것을 들고 하늘을 쳐다보는 나는
나무 끝에 앉은 까치 같다
파란 하늘에 흰 구름이 지나간다
한없이 하늘만 보고 앉아 있을 수 없어
저 구름이 참나무 끝에서 저쪽 소나무 끝을 다 지나가면
벤치에서 일어나야지 했더니
이번엔 호주만 한 구름 지도가 영국 지도를 뒤따라온다
그리고 다음엔 뉴질랜드 지도
하늘이 온통 영국 식민지다
아직 꺼지지 않은 지상의 식민지가
내가 앉은 자리를 점령하고 있는 것 같아
구름이 다 지나가기 전에 일어난다
만성 식민지 질환 언제 완치될지

생명의 유혹

젊은 생명의 친구 손대기가
전화 속에서 활짝 웃는다
문자가 아니라
나무뿌리에 묻어난 실속이다
지리산 깊은 계곡에 굴 집을 짓고 있으니
"선생님도 여기서 살아요"
귀가 솔깃해진다

무덤으로의 유혹 같은데
'여기서 살아요' 하는 살아요에 힘을 실었다
그의 중국여행 한 달 만의 소식
'여기서 살아요!'
아직도 살자는 사람이 있어 고맙다

나는 또 살러 간다

아침 산길에서 평화론까지

그냥 나섰다

산길이다

아무도 지나가지 않은 길을 걸어간다

안개가 자욱한 마을을 내려다보며 걸어간다

저 너머 산기슭에 봄이 나보다 먼저 내려와 앉는다

평화롭다

간밤엔 평화를 이야기하다 흥분했다

어른들로는 평화가 안 된다고 했다

유아들끼리 교류하며 자라야 진정한 교류가 된다고 했다

막연한 제의이지만 평화론은 언제고 막연했다

순수해야 한다고 했다

간혹 순수해야 한다는 그 속에도 음모가 있다고 했다

까마귀 울음 같은 소리를 내뱉었다

결국 결론을 보지 못하고 입을 닫았다

투표일

비가 오지만 투표소로 갔다
그리고 시를 썼다
투표했다고 시를 썼다
앞으로
내가 몇 번 더 투표하겠니
이것이 마지막 투표일 거라며
찍었다
내가 찍고 싶은 사람을 힘주어 찍었다
그리고 당당하게 투표소를 나왔다
인터뷰하자는 사람도 없었지만
할 말도 없었다
언제고 투표만은 내 주장대로 했다
그래서 대한민국이 이만큼 자랐다고
자부했다
투표하면서 시 쓰긴 처음이다

시의 분노
– 독도야!

우리가 4·11 총선에 정신없는 동안
일본은 독도를 저희 땅이라고 도쿄에서 집회를 가졌다
어떤 관료는 '우리(일본) 영토를 무력으로 침략한 만큼
개별적 자위권을 발동할 요건에 해당한다'*고
섬뜩한 말을 입에 담았다

'도대체 일본이
어쩌자고 저렇게 백 년이 넘도록 속을 썩이느냐'고
한숨을 내쉬다가
한숨만으로는 안 돼
독도 정상에 올라가 탕건봉으로 뛰어내려야
아니 빨갛게 내 몸을 태워버려야
아니면 목이 타는 단식으로...?

시 쓰는 것만으로는 이 분노 가시지 않아
이른 새벽 갈매기 날개를 타고
동해바다로 간다

*조선일보(2012.4.12/51판 A27)에서

꽃바람

옆을 지나가던 여인들
꽃잎처럼 날리는 말이

"진달래꽃이 저렇게
활짝 피었는데
왜 이리 춥지?"

그 소리가 꽃바람이다
그 바람이 내 옷 속으로 스며
내가 춥다
그들이 지나간 뒤에
라일락이 활짝 피었다

김삿갓면 와석리 968번지
– 우구네 집

영월 김삿갓이 살았던 집에서 돌아왔더니
이메일이 와 있다
그래서 이렇게 답글을 보냈다
'김삿갓면 와석리 968번지
내가 『김삿갓, 시인아 바람아』를 쓰던 집
산골짜기에 이틀 내내
비가 왔습니다'

그리고 다음 글은 썼다가 지웠다
'산골에 아무도 오지 않아서 좋고
핸드폰이 터지지 않아서 좋고
새 소리가 천국의 언어여서 좋고
골짜기 물 내려가는 소리가 좋았습니다
내가 죽어서 산에 묻힌 것처럼 좋았습니다
요즘은 죽음을 기다리는 버릇이 늘었습니다
죽음을 기다리면서도 밥 한 그릇 다 먹었습니다'

미다스의 손과 시인의 손

욕심 많은 미다스 왕이
술의 신 디오니소스에게 청하길
손에 닿는 것을 모두 황금으로 바꿔달라고
그러자 술에 취한 디오니소스
미다스 왕의 청을 100% 들어준다
그랬더니
미다스가 만지는 족족 황금으로 바뀐다
정원에 있는 나무
화단에 핀 꽃
침실에 있는 침대
침대에 놓인 베개
만지는 족족 황금이 되니 얼마나 좋은가
미다스 왕 환희에 잠겨
옆에서 자는 아내를 흔들어 깨우는 순간
아내가 황금으로 바뀐다
어허 이건 아닌데 하고 어지러운 이마를 짚고 있을 때
엄마를 찾던 딸이 아빠에게로 달려온다
미다스가 딸을 안아 들이자
이번엔 딸이 차디찬 황금으로 변한다
겁에 질린 미다스 얼굴이 창백해지며

디오니소스에게 달려가려고 말의 고삐를 잡자

이번엔 말이 통째로 황금 덩어리가 된다

채찍으로 쳐도 발을 떼지 않는 말

미다스는 절망의 도가니에 빠져 허덕인다

이때 술에서 깨어난 디오니소스

올림포스산에서 내려다보고

'미다스, 황금 말고도 갖고 싶은 것이 많을 텐데

하필이면 왜 황금인가

바꿔줄 테니 다시 말하게' 하자

지나가던 시인

'황금은 그만두고 손에 닿는 것을 시로 바꿔주오' 한다

그러자 미다스는 황금의 손에서 풀려나고

이번엔 시인의 손이 신들여

미다스의 딸을 시로 풀어주고

미다스의 아내를 시로 풀어주고

미다스의 말[馬]을 시로 풀어주고

미다스를 말에 태워 본래의 자리로 돌려보낸다

섬으로 가는 사람

섬에는 외로움뿐
꽃도 외롭고
나비도 외롭고
나룻배도 외로워
밤새 별을 보며 울었는데
그걸 어떻게 견디려고
섬으로 가는 걸까

그거야
역으로 생기는 무엇이 있겠지
외로움에 젖어버리면
어떤 모습이 될까 하는 시련
등대처럼 하얘질까
아니면 입이 굳어질까
그건 아무도 모르는 일
혼자서 선죽도에 내리면
마중 나오는 사람 없고
느티나무 돌아가는데도
내다보는 사람이 없을 텐데
그걸 어떻게 견디려고

혼자 가는 걸까

그 재미

그 재미라니

귀에서 내 소리만 들린다

이 모든 것을

모든 것이 고맙다
산에서 우는 산새 소리
산언덕에 피는 진달래꽃
골짜기를 거슬러 올라오는
낯선 사람의 숨결 소리
모두 나를 살게 하는 박동이기에
이파리 하나 떼지 않고
가지 하나 꺾지 않고
주는 대로 받는 기쁨
내 그릇은 작지만
마음을 열어놓고 있으니
이 아침이 고맙다
두 발로 걸어가는 것이 고맙다
시 쓰며 살아가는 것이 고맙다

시와 나 사이

그대로 가려는데
모르는 척하고 가려는데
뿌리치고 가려는데
차마 그러지 못하는 것이
시와 나 사이다
때로는 눈물을 흘리며 마주친 얼굴
발에 걸리는 대로 다 기록할 수는 없지만
기록된 것만큼 내가 된다
나는 나를 기록하기 위해 시를 쓰는 것 같다
사실이 그렇다
죽어서는 쓸 수 없는 거
그래서 죽을힘을 다해 쓰는 거
시와 나는 그런 사이다

Falling

존박의 노래
Falling
(한없이 추락하는 날 보고만 있네요)
을 듣다가
그만 나는 ……

그리고
그 애는
집단폭력에 금품갈취를 당하고
차비를 빼앗겨 걸어서 집에 오고
신발을 빼앗겨 맨발로 돌아오고
이 사실을 집에 알리면 집에 불을 지르겠다는 협박
그래서 그 애는 참다 참다 못해
'이젠 쉬고 싶다'는 쪽지를 남기고
'너희들 없는 세상에서 살고 싶어
정말 눈물이 난다'며
Falling!

정말
그 애를 잡아줄 수 없나요

이 나이에

갈 데가 어디인가
지금 이 나이에
언제고 나이가 가로막는다
그래서 살금살금 걷는다
모두 나를 향해 욕하는 것 같다
그 나이에
집에 들어앉아 있지
그래서 일찍 떠나기로 했다
아파트 경비실을 피해

만약에 이 새벽에 어딜 가느냐고 하면?
바다로 간다는 말을 숨기고 집을 나선다
이 나이에 젊은이가 하는 일을 하기가
격에 맞지 않는 것 같아서
부끄럽다
어젯밤에 우이도 민박집에서 전화가 왔다
왜 안 오느냐는 전화
아니 그게 아니라 혹시라도
(돌아가시지 않았나 해서) 전화 걸었다는 말은 하지 않았다
그래도 만나면 반가우리

왜 이렇게 망가지나요

절도 많고
교회도 많고
학교도 많고
병원도 많은데
왜 이렇게 망가지나요

사막에 나무 심어 산 만들고
바다에 시추하여 섬 만들고
하늘에 우주선 띄우며
감탄하는데

사기 치고
도둑질하고
죽이고 죽는 칼부림
왜 이렇게 마음이 망가지나요

쇠똥구리와 개미

금산에서
무주구천동
구천동에서
구천동 막걸리를 마시고
용화로
용화에서 다시 상촌 깊은 산골
호도나무 그늘에 앉았는데
쇠똥구리 발딱 뒤집혀서
혼자 아우성이다
아우성소리는 안 들리고
골짜기 물소리만 굵다
이 우주 공간에
쇠똥구리의 속수무책
그래 살짝 뒤집어놨더니
이번엔
쇠똥구리 몸에서 쏟아진 개미들이
눈을 흘긴다
서로 살겠다는 엎치락뒤치락
나는 그들의 생사를 그냥 놔두고
계곡 물처럼 내려왔다

가파도
— 관觀

오라는 사람은 없고
갈 사람만 가는 가파도
보리밭 길을 걷자는 것은 사치다

처음엔 갑판 위에 꼿꼿이 서서
산방산이랑 한라산을 똑바로 볼 것 같았는데
출발 삼 분 만에 선실로 들어오고 말았다
바람이 파도를 때리고 파도가 내 얼굴을 때리기에
선실로 들어왔다
흙의 면적은 줄었어도 바람의 면적은 줄지 않았다
바람에 흔들리는 청보리밭
그것이 하나의 관觀처럼 보인다
김성숙 선생이 이 자리에 있었으면
서로 관觀을 내세워 바람보다 센 발언을 했을 텐데
일제강점기
4·3사건
그리고 가파도
차 한 잔 나누지 못하고 그는 가고
나는 그의 동상 앞을 지나간다
바람도 그렇게 청보리밭 길을 지나간다

회을悔乙 김성숙(1896–1979)은
섬에서 태어나 서울에서 공부하고
일본으로 건너가 도쿄에서 대학을 나와 다시 가파도로
가파도에서 국회의원이 되어 또 서울로 가고
다시 내려와 살다 간 가파도
교육이 그를 만들었고
지금도 그 교육이 사람을 만든다
바람이 불고 파도가 거세어도
교육이 사람을 만든다는 결론과 관觀
가파도 초등학교
'하늘과 바다만 보이는 교정에서'*

나도 그것을 교장 선생님처럼 주장하고 싶다
바람이 분다
청보리가 몸을 흔들어 보릿고개를 턴다

*가파도 초등학교 교가 중에서

나도 은근히 나를

치과병원 오 층
아내가 보철과로 들어간 사이
나는 대기실에서
시집을 꺼내 읽는데
뒤에 앉은 여인
'시인이신가요?' 한다
이런 데서 시인을 알아보다니
"왜요?"
'시집을 읽고 계시기… 저는 시낭송을 하고 싶은데
어디서 배워야 하는지 알고 싶어서요'
너무 단도직입적이다
"그거 인터넷에서 찾아보세요"
'아시면 소개해주세요'
"문학의 집이나 재능교육에 알아보세요"
'선생님 이름은요?'
나는 내 이름을 대면 알 줄 알았다
그런데 전혀 감이 없다
시낭송에 관심이 있다면 다소 감이 잡힐 텐데 하고
이름을 댔는데 헛다리 짚었다
그래서 얼른 '그리운 바다 성산포' 했더니

그게 뭐냐고 한다

그래 가며 어떻게 시낭송을 한다고 할까

하고 입을 닫았다

왠지 내가 부끄러워진다

그 사람의 시는 그 사람의 시

시집 내달라고 출판사에 원고를 보냈더니
출판사에서 메일이 왔다
책의 부피가 넘치니
두 편만 빼라고
두 편을 빼려고 구십 편을 읽고 또 읽어봤지만
한 편도 뺄 것이 없다
다른 사람이 읽으면 뺄 것뿐일 텐데
왜 나는 나의 시를 한 편도 솎아내지 못할까
내가 내 시를 너무 몰라서 그러는 거지
(내 시는 내 기준으로 쓰기 때문)
하고 살짝 내 마음을 괄호 안에 넣고
'내가 눈 감을 테니
아무거나 빼시오' 하고 눈감아버린다

미친놈

내가 날 향해
'미친놈'이라고 못할 소리를 할 때가 있다
그건 섬 때문이다
그건
내가 미쳤기 때문이다

후기

한때는 낚시질 하러, 회 먹으러 섬에 간다고들 했는데 지금은 지知를 먹으러 섬에 가는 것 같다. 그만큼 섬을 찾는 위상이 달라졌다.

유배지, 출생지, 촬영지, 휴양지, 감상지感賞地……

이젠 시인의 고독만이 바윗돌에 눌어붙은 석화石花가 아니다. 남들도 그렇다.

나의 시를 묶다 보니 남들의 이야기가 끼어든다. 그래서 남의 시도 내 시처럼 읽게 된다.

시 속에서는 너도 나요, 나도 너다.

국립중앙도서관 출판예정도서목록(CIP)

섬 사람들 : 이생진 시집 / 지은이: 이생진. -- 광
주 : 우리글, 2016
p. ; cm. -- (우리글 시선집 ; 93)

ISBN 978-89-6426-079-1 03810 : ₩9000

한국 현대시[韓國現代詩]

811.7-KDC6
895.715-DDC23   CIP2016014947

섬 사람들

1판 1쇄 인쇄 2016년 7월 10일
1판 1쇄 발행 2016년 7월 17일

지은이   이생진
발행인   김소양
편집   권효선
마케팅   이희만

발행처 ㈜우리글
출판등록번호 제321-2010-000113호
출판등록일자 1998년 06월 03일

주소 경기도 광주시 도척면 도척로 1071
마케팅팀 02-566-3410 **편집팀** 031-797-3206 **팩스** 02-6499-1263
홈페이지 www.wrigle.com **블로그** blog.naver.com/wrigle

ⓒ 이생진, 2016

값은 표지에 있습니다.
ISBN 978-89-6426- 079-1 03810
잘못 만들어진 책은 구입하신 서점에서 교환해드립니다.